U0789472

編委會主任　童定幹

主編　周萍英

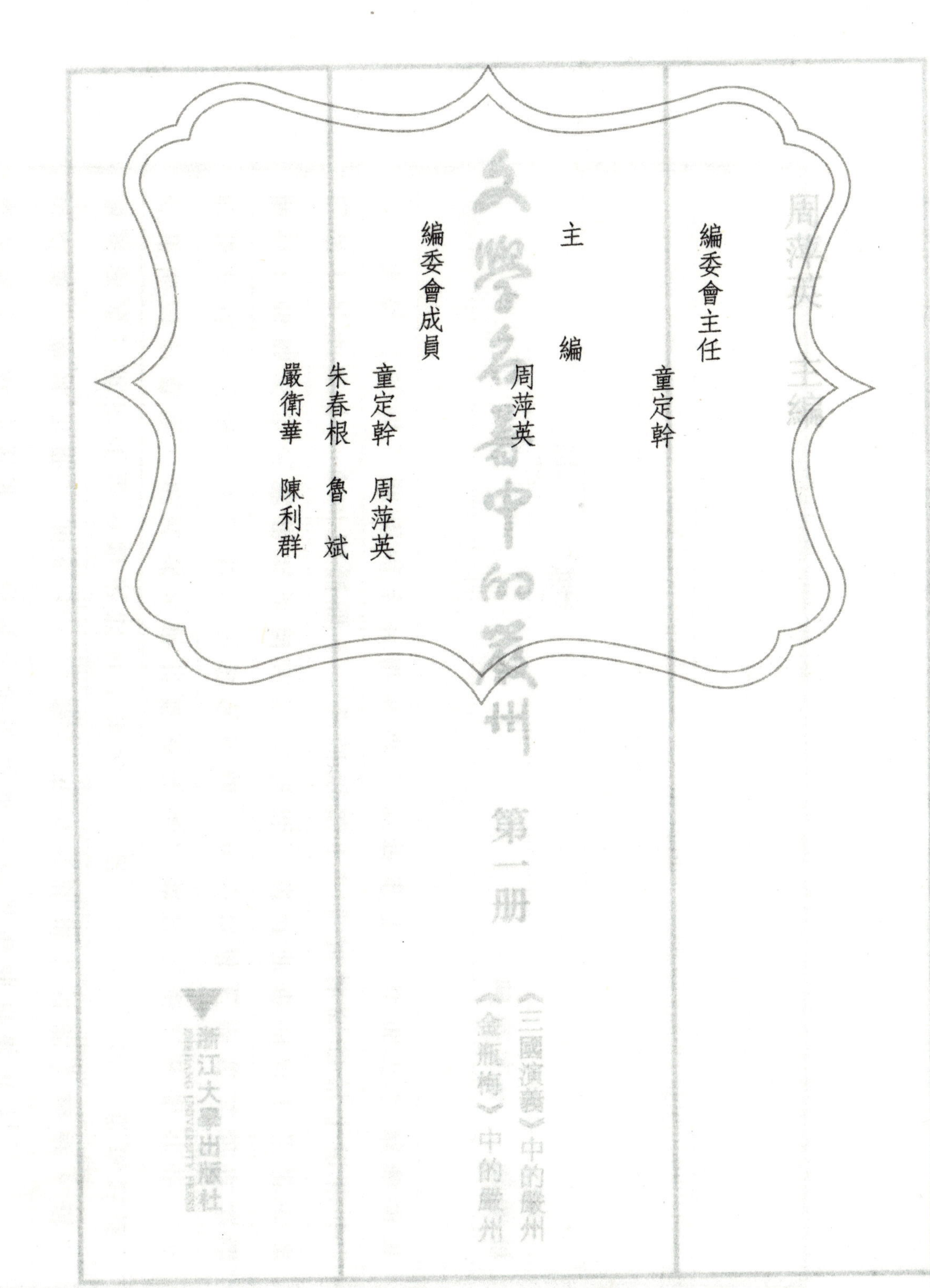

編委會成員　童定幹　周萍英
朱春根　魯斌
嚴衛華　陳利群

序言

嚴陵游子　鄭秉謙

家鄉人來電，要我爲「文學名著中的嚴州」一書寫序。此書是他們從「水滸傳」、「三國演義」、「金瓶梅」、「官場現形記」四書中，摘取其寫嚴州的或與嚴州有關的回目編成，因此實際上是「中國古典長篇小說中的嚴州」。我一生沒沒走過，并不對哪門學問包括對長篇小說有多少研究，但我與文學的關係頗深。我從在嚴州中學高中二年級讀書起，就在報刊上發表詩文（那是一九四七年），真可謂生於斯、長於斯、歌哭於斯；至今七十一年，比古人所謂「古稀」還多一歲。僅此是因，並無別解。於是我不揣冒昧再一次提筆爲家鄉作文。

「三國演義」、「水滸傳」和「金瓶梅」，均在明代「四大奇書」之列。但細究內容，其中「三國演義」並未寫及嚴州，而僅寫到建德侯孫韶。這孫韶不是別人，乃「三分天下」的東吳孫權之侄。孫家當年原住在嚴州下游富春江中王洲島上，距嚴州不過二百里水程。孫家系出孫武，幾代人均少有大志，幼有建樹，是個「神童之家」。權父孫堅，十七歲曾在錢塘獨退海賊。權兄孫策繼父業，經營江東，卒時年僅二十六。孫權自己十五歲爲郡守，七八年後繼父兄大業，最終三分天下。而其侄孫韶，十七歲即收先人餘部，建水軍，旋爲廣陵太守。孫權爲吳王時，他被封爲揚威將軍，建德侯，是建德其地的開山祖宗。

以上孫韶的材料來自正史「三國志·吳書」，小說「三國演義」似未涉及。本書所選的第七回，僅涉及孫堅一家譜系，以及孫韶同孫堅一家的關係。所選的第八十九回，則是三國後期東吳由徐盛挂帥北拒曹丕的一段故事。時徐盛采取消極防禦戰略，布兵江南，坐待曹魏軍隊南下。孫韶抗議無效，遂不遵軍令，「引本部三千精兵，潛地過江」抵敵。徐盛要斬孫韶，孫權力救。此回以短短幾百字，寫盡了孫韶的「極有膽用」，敢於擔當；孫權的「善於調停」，富於領導能力；徐盛的大將風度，既堅持原則又顧全大局。「三國演義」的原作者是羅貫中，據説後來李卓吾作了整理修改，清初長洲毛綸、毛宗崗又改寫並加評，但托名爲「聖嘆外書」，並以「第一才子書」爲名發行。他們在揭露戰亂黑暗的現實的同時，又大幅描寫劉備、諸葛亮「聖君賢相」與劉關張「相死以義」的故事，歌頌了作者們所理想的政治與所理想的英雄。此書的好處是不光歌頌蜀漢一方，而對鼎立三方多達四百餘有姓名有活動的人物多有所描繪，樹立了衆多文學典型。这建德的開山祖宗也是他們歌頌的人物之一。

據説孫韶一族開山建德後，七百年來一直住在昔日建德縣治、睦州府治，今天叫作梅城的這個地方；到了五代十國期間，為避戰亂，才遷到馬目孫家村，至今又已千年有零。這個村也在新安江畔，上下游各距新安江城與梅城十五公里。這同孫權一族後裔自明代後，即自富陽王洲島瓜橋埠遷往龍門鎮相似。

二

「水滸傳」與「三國演義」一樣，也是在群衆創作的基礎上，由作家加工整理而成的，屬「世代積累型」的作品。此作家爲誰？通常認爲是「施耐庵的本，羅貫中編次」，也即施撰羅編（或説羅就是施的弟子）。施耐庵，通常認爲是錢塘的「書會才人」，或説他曾參加元末張士誠起義軍，或説他與張士誠部下卞元亨相友善，故能把明軍（李文忠部）征張士誠所控制的蘇南浙北的歷史，移植於宋江征方臘。但「水滸」此段，作者的同情全在宋江這邊而不在方臘這邊，这同作者的經歷相悖，似乎説不大通。中華人民共和國成立後，曾新興一説，云施耐庵即興化進士施廷佐，此説缺少實證，且在書內文字中也找不到印證，不足采信。「水滸傳」成書後，流行版本甚多，曾出現所謂「李卓吾評忠義水滸全傳」，共一百二十回，完整地加入征遼、平田虎王慶、平方臘的內容。明末，金聖嘆把百二十回本後半部砍去，只保留排座次以前的七十回。金聖嘆平生狂放不羈，稱「莊子」、「離騷」、「史記」、「杜詩」、「水滸」、「西廂」爲「六才子書」，準備逐一評點，但實際上只完成最後兩種。他「腰斬」「水滸」，意在不許梁山好漢自贖，在思想上頗具進步意義，在藝術上也保留了此書精華。入清後，這部「第五才子書」一出，其他各版「水滸傳」盡廢。中華人民共和國成立後流行的更只有此種，以致大部分讀者不知此書原有的平方臘（及其他）的內容。改革開放後，水滸故事的大總匯「李卓吾評忠義水滸傳」一百二十回本方始多見。

本書節錄的十個回目，即一百一十回至一百十九回，就是宋江平方臘的部分，其中一百十六回至一百十九回寫了嚴州（北宋時尚稱睦州）及所屬建德、清溪（今淳安）、桐廬等縣。這四回的特色有二：

一是對睦州特別是州治建德作了自然地理、人文風貌真實而詳盡的描繪。它使我們知道，在施耐庵成書的明初，嚴州風貌與中華人民共和國成立前後並無太大的不同。其中對烏龍山、大溪（新安、富春江）、烏龍嶺、萬松林（烏龍廟）、東管（東關）的描寫，幾乎就與我六十九年前離鄉參軍時差不多。甚至，有些今建德人也不熟悉的山路草徑，在施耐庵筆下也東西分明。當宋江久攻烏龍嶺（在山的西部）不下，吳用差人去別求小路，一山間老人指點說：「（從山東部）過烏龍嶺（應爲山）去，便是東管（今爲東關）：取睦州不遠，便到北門，卻轉過西門，便是烏龍嶺。」語句羅嗦，但方位卻明白如畫。乾隆「建德縣志」曾明確指出，明軍攻打張士誠部所占的嚴州府是「由間道過嶺（應爲山），從碧溪塢繞出陣後，東關附近，破之（張士誠軍）。」

二是「水滸傳」前半部，作者對上升時期的水滸英雄，極盡歌頌之能事，絕不把他們當作「犯上作亂」的妖魔，而是把他們都表現爲頂天立地的好漢。在後半部這十回書中，對失敗中的梁山英雄十分體貼，非常同情。在這十回書中，充滿了悲壯氣氛。當阮小二被困自殺，當王矮虎這個頗具喜劇色彩的人物和他的妻子一丈青被鄭彪以妖法殺死，當魯智深失臂，武行者折了左臂，作者筆下是字字情。當副先鋒盧俊義一路人馬從另一方向（歙州，亦即徽州）攻入清溪，史進、石秀等十三好漢死於非命時，作者筆下是行行泪。特別是當他們抓住方臘後，魯智深却不願回朝受封，過杭州六和塔寺時便落髮爲僧；武松因折臂、林冲因風癱，就也留在寺中；過了不久，林冲病死，魯達坐化，武松後於八十歲時老死；書中充滿悲劇色彩。『水滸』前半部所重點描寫的幾個人（宋江、林冲、魯達、武松、李逵），除三個流落和死於六和寺外，其餘二人遭遇更悲慘：宋江飲御賜『美酒』而亡，臨死時怕李逵將來再反朝廷，便騙他也飲了御酒。這五人中，武松是被金聖嘆贊爲『天人』的；魯達用現代觀點看，則比『天人』更『天人』，因爲他不像武松那麼愛殺女性；林冲是被『逼上梁山』的典型；李逵與宋江是具有缺點或嚴重缺陷的英雄。五人的結局就是如此。『水滸傳』七十回後的部分，是一直受人質疑甚至是否定的，但它的價值實際上却不容低估。譬如以直接書寫嚴州的四回而論，它借助藝術形象的塑造，表現了起義軍從接受招安到最後失敗的過程，客觀地表現出招安帶來的並非皆大歡喜，而是或死或遁的結局。儘管作者自己也可能没有意識到，這後半部書已在客觀上否定了宋江再三宣揚的，仿佛一招安即萬事大吉的幻想。

三

『四大奇書』中寫及嚴州的，還有『金瓶梅』。明代中後期嘉靖至萬曆百年間出現的此書，作者署名『蘭陵笑笑生』。蘭陵是山東嶧縣，笑笑生是誰，其説蓋不下於十幾種。在五四運動前，除幾個文壇鉅子外，一般人均視此書爲淫書。但此後伴隨着學者們對它的研究，才發現它是一部對中國小説發展具有劃時代意義的書。其一，它是第一部不是由世代積累，而是由文人單獨完成的長篇小説，開啓了小説現代化之門。其二，中國過去的小説，主要關注國家興亡、社會治亂以及英雄人物生死浮沉，它却將視角轉向普通人的悲歡離合，求索人生。其三，過去的小説總免不了對生活與人物作理想化的表現，但它却進行不加粉飾的赤裸裸的敘述。

即以寫到嚴州的九十二回『陳敬濟被陷嚴州府　吴月娘大鬧授官廳』而言，就是如此。它不因陳本就是個壞蛋而對他幸災樂禍，却合

於人性地同情他在嚴州的受難；也不因官場本就黑暗一團，而如實表揚嚴州徐知府的清廉剛正。難怪魯迅曾這樣稱贊這部書：『作者之於世情蓋誠極洞達，凡所形容，或條暢，或曲折，或刻露而盡相，或幽伏而含譏，或一時而並寫兩面，使之相形，變幻之情隨在顯現。同時說部，無以上之。』（『中國小說史略』）。

四

不過，『金瓶梅』第九十二回書，對嚴州其地的敘述，對嚴州自然、人文環境的描寫，則顯得較爲簡略空洞，僅就此點而言，實不如後出的『官場現形記』。後者與上述三種屬『四大奇書』的長篇小說不同，不是明代作品，而屬晚清文學。在這部書中出現的嚴州，是地道的晚清嚴州。晚清的腐敗，是整個政治體制的腐敗，是結構性的糜爛。官僚們的信仰就是『千里做官只爲財』，『做官的利息總比做生意好』。他們公開賣官買官，按官定價，『一千元起碼』，『頂好的缺總要兩萬銀子』，『一分錢一分貨，你拼得出大價錢，總有大官做』。與此同時，它還直接揭露了反動官僚欺凌壓迫人民的罪行，最有代表性的是十二回到十八回寫統領胡華若到嚴州『剿匪』的完整故事。嚴州有兩家當鋪被搶，並無所謂『匪』（專指被迫造反的起義軍）。胡却僞造情報，大談『匪』情，從杭州帶領軍隊到嚴州鄉下『搜括搶劫』、『洗滅村莊』、『奸淫婦女，無所不至』。並且還向朝廷邀功，要求賞銀三十八萬兩。

作者李寶嘉並不是孤立地、空洞地寫胡華若之『剿』，而是結結實實具體地寫出他的『剿』，是在時於晚清、地於嚴州的『剿』。他的大軍就是乘船溯流而來的。他與他的指揮部當然不用普通的船，而用當年盛行於錢塘江上下尤其是嚴州的『江山船』、『茭白船』，他是摟着船上的當家妓女『招牌主』出兵的。這七回書中對『九姓漁户』的來源、生存狀態的表現，比什麼歷史書、地方志還豐富生動，因爲它是長篇小說的形象性描繪。對其他事的描繪亦然。試看李寶嘉是怎樣描寫胡統領在嚴州大碼頭的發兵盛典的：

> 營官回去傳令，不到天黑，早已傳齊三軍人馬，打着旗，掌着號。一班副爺們一個個騎着馬，挂着刀，賽如迎喜神一般。
>
> 到了城外，揀到一個空地把營扎下。本營參將到船上禀過統領。此時統領真同做了大元帥一樣；自己坐在船當中；兩邊兩隻，便是三個隨員、老夫子坐的船。此外，還有家人的船、伙食船、行李船、轎子船。又有（建德）縣里預備的吹手船，一天吃三頓吹打三頓。統領出門回來，還要升炮；到了晚上，一更二更，頂到放天明炮。船上擂鼓，親兵掌號。嗚嘟嘟，嗚嘟嘟，吹得真正好聽。放過炮之後，還要細吹細打一次，都是照例的規矩。吹手船之外，便是統領帶來的兵船，有陸軍，有水師。水師坐的都是炮划子。桅桿上都扯着白鑲邊的紅旗子，寫着某營某哨，旗子當中寫的便是本船統帶的姓。船頭上，船尾巴上，統通插着五色旗子，也有畫八卦的，也有畫一條龍的，五顔六色，映在水裏，着實耀眼。

這不是閑筆。唯其有這樣的描寫，讀者才能知道這是晚清的發兵，這是水上的發兵，這是嚴州的發兵。當真是『典型環境』！

多少年來，由於我們總是戴着有色眼鏡看『譴責小說』這四個字，認爲這種小說不批判社會制度，只指責個人道德。但『官場現形記』豈僅僅如是而已！事實上，這部書代表了晚清小說的最高成就；而胡統領帶兵赴嚴剿『匪』這七回則正是此書寫得最好的部分。它矛頭直指晚清分崩離析、糜爛不堪的封建政治制度，直指這種政治制度對人民的壓迫和欺凌。此外，還有一事頗值一說。據文壇相傳，李寶嘉寫小說，曾學司馬光設局著《資治通鑒》那樣，延攬人才分書分段寫作，他自己最後總其成。《官場現形記》中，出現大量嚴州方言，這絶非常州人李寶嘉能寫出來的。據我猜想，或許當年他手下的槍手中就有我們建德人。

五

生活是文學的源泉，而文學又是生活的鏡子。明代『四大奇書』

中的三部，加上代表晚清小説最高成就的一部，這四部長篇小説形象地反映了當時嚴州的生活，今日嚴州的歷史。明清再加上部分宋元的時代背景與社會意識躍然紙上。它們從不同的角度，揭發或描寫封建政治的罪惡，社會現實的黑暗，階級矛盾的具體内容和人民的願望；描寫那個制度下英雄人物的忠義果敢和反面人物的惡毒猥瑣。

嚴州被這四部長篇小説的作者看中，是昔日嚴州的幸運，是今天嚴州人民的光榮。

但是自從鐵路公路取代了水路運輸，尤其自從梅城從府治、縣治退爲一個鄉村小鎮，古嚴陵、古嚴州便一蹶不振。從七里瀧到新安江城這花團錦簇的百里江面，也變得冷冷清清。幸而自改革開放四十年來，梅城與全體建德人民不甘心，一直爲恢復這個古城而付出種種努力。尤其近幾年來，他們重建梅城城墻、城門，修繕馬頭墻聳立的徽式民居，修築七里瀧的春江緑道，開發三江口的漁村，擁江發展種植業、製造業與旅游業。尤其是在全國一盤棋的運籌中，有三條高鐵經過並交匯於梅城附近。其中杭黄高鐵的杭州至建德段，已通車，從杭州至建德只需要三十八分鐘；衢建高鐵與金建高鐵亦已動工。現代文明正在以梅城爲中心的三江兩岸輝煌地展開。

爲了抓住這個歷史性機遇，建德人牢牢抓住文化建設。恢復古府嚴州是一種努力，推出這部『文學名著中的嚴州』也是一種努力。千年古州既凸顯自然山水，又展示現代文明。建德人相信，他們一定能搞好梅城的建設，也一定能搞好全市的美麗鄉村建設。最近更傳來浙江省與杭州市的消息，説是梅城的重建，將能爲全省以至全國的美麗城镇建設提供樣板。這就更加鼓舞建德全市人民加倍地努力。

人們將從『文學名著中的嚴州』一書中，看到古代嚴州人民的生活與努力；也將從三江兩岸的建設中，看到今日建德人的生活與奮鬥！

最後，我要再説一句，我對中國古典長篇小説並無深入研究。除了魯迅、鄭振鐸等前輩的看法外，馬積高、黄鈞、馬成生、朱睦卿等文學、民俗學者的研究成果，也幫助我寫成這篇文章，謹在此致以深深的謝意。

公元二〇一八年十二月病中於杭州梅花碑

目録

目錄

文學名著中的嚴州

袁绍磐河战公孙　孙坚跨江击刘表

《三國演義》中的嚴州

文學名著中的嚴州

一

《三國演義》中的嚴州

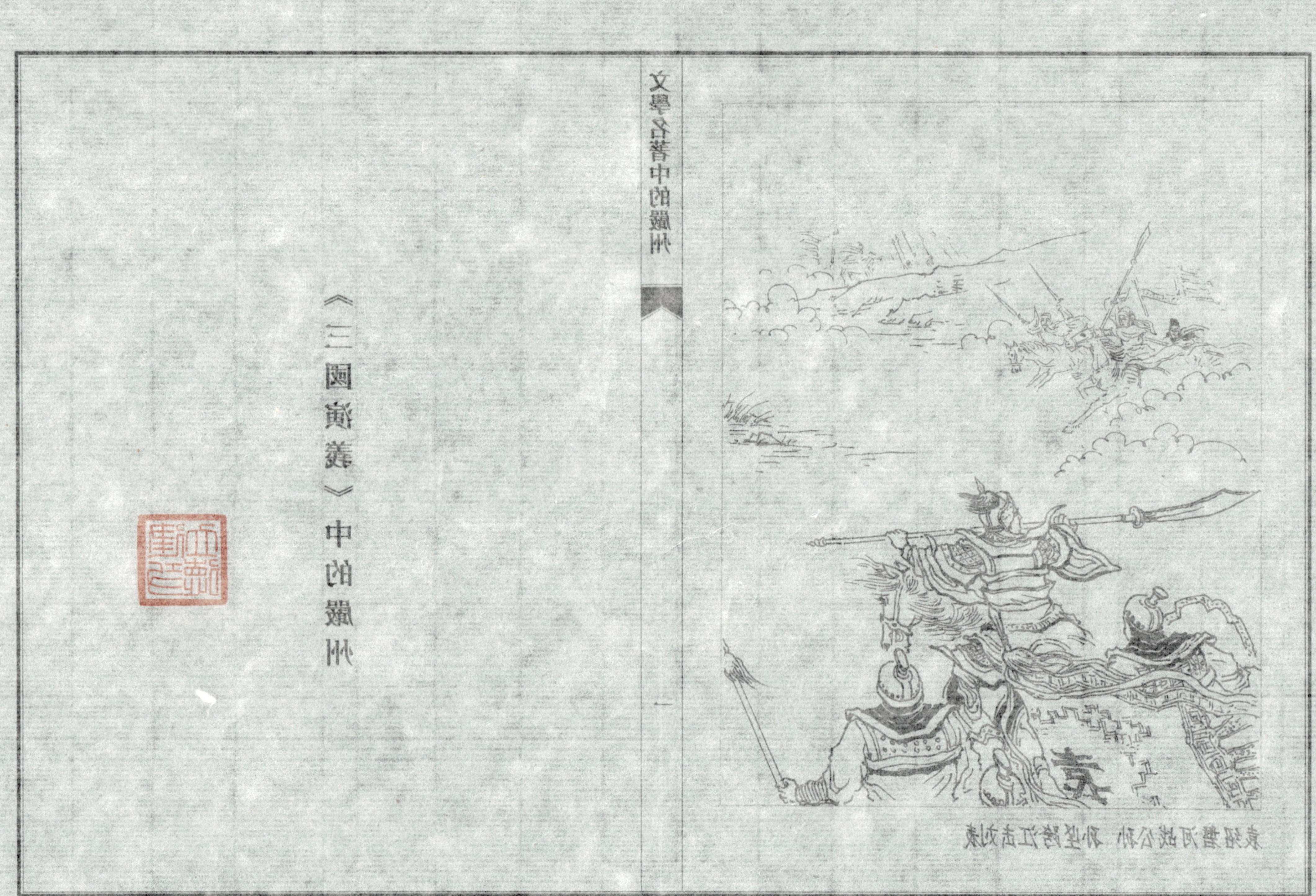

第七回　袁紹磐河戰公孫　孫堅跨江擊劉表

却説孫堅被劉表圍住，虧得程普、黄蓋、韓當三將死救得脱，折兵大半，奪路引兵回江東。自此孫堅與劉表結怨。

且説袁紹屯兵河内，缺少糧草。冀州牧韓馥，遣人送糧以資軍用。謀士逢紀説紹曰：『大丈夫縱横天下，何待人送糧爲食！冀州乃錢糧廣盛之地，將軍何不取之？』紹曰：『未有良策。』紀曰：『可暗使人馳書與公孫瓚，令進兵取冀州，約以夾攻，瓚必興兵。韓馥無謀之輩，必請將軍領州事；就中取事，唾手可得。』紹大喜，即發書到瓚處。瓚得書，見説共攻冀州，平分其地，大喜，即日興兵。

紹却使人密報韓馥。馥慌聚荀諶、辛評二謀士商議。諶曰：『公孫瓚將燕、代之衆，長驅而來，其鋒不可當。兼有劉備、關、張助之，難以抵敵。今袁本初智勇過人，手下名將極廣，將軍可請彼同治州事，彼必厚待將軍，無患公孫瓚矣。』韓馥即差别駕關純去請袁紹。

長史耿武諫曰：『袁紹孤客窮軍，仰我鼻息，譬如嬰兒在股掌之上，絶其乳哺，立可餓死。奈何欲以州事委之？此引虎入羊群也。』馥曰：『吾乃袁氏之故吏，才能又不如本初。古者擇賢者而讓之，諸君何嫉妒耶？』耿武嘆曰：『冀州休矣！』於是棄職而去者三十餘人。獨耿武與關純伏於城外，以待袁紹。

數日后，紹引兵至。耿武、關純拔刀而出，欲刺殺紹。紹將顔良立斬耿武，文醜砍死關純。紹入冀州，以馥爲奮威將軍，以田豐、沮授、許攸、逢紀分掌州事，盡奪韓馥之權。馥懊悔無及，遂棄下家小，匹馬往投陳留太守張邈去了。

却説公孫瓚知袁紹已據冀州，遣弟公孫越來見紹，欲分其地。紹曰：『可請汝兄自來，吾有商議。』越辭歸。行不到五十里，道旁閃出一彪軍馬，口稱：『我乃董丞相家將也！』亂箭射死公孫越。從人逃回見公孫瓚，報越已死。瓚大怒曰：『袁紹誘我起兵攻韓馥，他却就裏取事；今又詐董卓兵射死吾弟，此冤如何不報！』盡起本部兵，殺奔冀州來。

紹知瓚兵至，亦領軍出。二軍會於磐河之上：紹軍於磐河橋東，瓚軍於橋西。瓚立馬橋上，大呼曰：『背義之徒，何敢賣我！』紹亦

策馬至橋邊，指瓚曰：『韓馥無才，願讓冀州於吾，與爾何乾？』瓚曰：『昔日以汝爲忠義，推爲盟主；今之所爲，真狼心狗行之徒，有何面目立於世間！』袁紹大怒曰：『誰可擒之？』言未畢，文醜策馬挺槍，直殺上橋。公孫瓚就橋邊與文醜交鋒。戰不到十餘合，瓚抵擋不住，敗陣而走。文醜乘勢追趕。瓚走入陣中，文醜飛馬徑入中軍，往來衝突。瓚手下健將四員，一齊迎戰；被文醜一槍，刺一將下馬，三將俱走。文醜直趕公孫瓚出陣后，瓚望山谷而逃。文醜驟馬厲聲大叫：『快下馬受降！』瓚弓箭盡落，頭盔墮地；披發縱馬，奔轉山坡；其馬前失，瓚翻身落於坡下。文醜急捻槍來刺。忽見草坡左側轉出個少年將軍，飛馬挺槍，直取文醜。公孫瓚扒上坡去，看那少年：生得身長八尺，濃眉大眼，闊面重頤，威風凜凜。與文醜大戰五六十合，勝負未分。瓚部下救軍到，文醜撥回馬去了。那少年也不追趕。瓚忙下土坡，問那少年姓名。那少年欠身答曰：『某乃常山真定人也，姓趙，名雲，字子龍。本袁紹轄下之人，因見紹無忠君救民之心，故特棄彼而投麾下，不期於此處相見。』瓚大喜，遂同歸寨，整頓甲兵。次日，瓚將軍馬分作左右兩隊，勢如羽翼。馬五千餘匹，大半皆是白馬。因公孫瓚曾與羌人戰，盡選白馬爲先鋒，號爲『白馬將軍』；羌人但見白馬便走，因此白馬極多。袁紹令顔良、文醜爲先鋒，各引弓弩手一千，亦分作左右兩隊。令在左者射公孫瓚右軍，在右者射公孫瓚左軍。再令麴義引八百弓手，步兵一萬五千，列於陣中。袁紹自引馬步軍數萬，於後接應。公孫瓚初得趙雲，不知心腹，令其另領一軍在後。遣大將嚴綱爲先鋒。瓚自領中軍，立馬橋上，傍豎大紅圈金綫『帥』字旗於馬前。從辰時擂鼓，直到巳時，紹軍不進。麴義令弓手皆伏於遮箭牌下，祇聽炮響發箭。嚴綱鼓譟吶喊，直取麴義。義軍見嚴綱兵來，都伏而不動；直到來得至近，一聲炮響，八百弓弩手一齊俱發。綱急待回，被麴義拍馬舞刀，斬於馬下。瓚軍大敗。左右兩軍，欲來救應，都被顔良、文醜引弓弩手射住。紹軍並進，直殺到界橋邊。麴義馬到，先斬執旗將，把繡旗砍倒。公孫瓚見砍倒繡旗，回馬下橋而走。麴義引軍直衝到後軍，正撞着趙雲，挺槍躍馬，直取麴義。戰不數合，一槍刺麴義於馬下。趙雲一騎馬飛入紹軍，左衝右突，如入無人之境。公孫瓚引軍殺回，

紹軍大敗。

却説袁紹先使探馬看時，回報麴義斬將搴旗，追趕敗兵，因此不作準備，與田豐引着帳下持戟軍士數百人，弓箭手數十騎，乘馬出觀，呵呵大笑曰：『公孫瓚無能之輩！』正説之間，忽見趙雲衝到面前。弓箭手急待射時，雲連刺數人，衆軍皆走。后面瓚軍團團圍裹上來。田豐慌對紹曰：『主公且於空墻中躲避！』紹以兜鍪撲地，大呼曰：『大丈夫願臨陣鬥死，豈可入墻而望活乎！』衆軍士齊心死戰，趙雲衝突不入，紹兵大隊掩至，顔良亦引軍來到，兩路並殺。趙雲保公孫瓚殺透重圍，回到界橋。紹驅兵大進，復趕過橋，落水死者，不計其數。

袁紹當先趕來，不到五里，衹聽得山背後喊聲大起，閃出一彪人馬，爲首三員大將，乃是劉玄德、關雲長、張翼德。因在平原探知公孫瓚與袁紹相争，特來助戰。當下三匹馬，三般兵器，飛奔前來，直取袁紹。紹驚得魂飛天外，手中寶刀墜於馬下，忙撥馬而逃，衆人死救過橋。公孫瓚亦收軍歸寨。玄德、關、張動問畢，瓚曰：『若非玄德遠來救我，幾乎狼狽。』教與趙雲相見。玄德甚相敬愛，便有不捨之心。

却説袁紹輸了一陣，堅守不出。兩軍相拒月餘，有人來長安報知董卓。李儒對卓曰：『袁紹與公孫瓚，亦當今豪杰。現在磐河厮殺，宜假天子之詔，差人往和解之。二人感德，必順太師矣。』卓曰：『善。』次日便使太傅馬日磾、太僕趙岐，賫詔前去。二人來至河北，紹出迎於百里之外，再拜奉詔。次日，二人至瓚營宣諭，瓚乃遣使致書於紹，互相講和。二人自回京復命。瓚即日班師，又表薦劉玄德爲平原相。玄德與趙雲分别，執手垂泪，不忍相離。雲嘆曰：『某曩日誤認公孫瓚爲英雄；今觀所爲，亦袁紹等輩耳！』玄德曰：『公且屈身事之，相見有日。』灑泪而别。

却説袁術在南陽，聞袁紹新得冀州，遣使來求馬千匹。紹不與，術怒。自此兄弟不睦。又遣使往荆州，問劉表借糧二十萬，表亦不與。術恨之，密遣人遺書於孫堅，使伐劉表。其書略曰：『前者劉表截路，乃吾兄本初之謀也。今本初又與表私議欲襲江東。公可速興兵伐劉表，吾爲公取本初，二仇可報。公取荆州，吾取冀州，切勿誤也！』堅得書曰：『叵耐劉表！昔日斷吾歸路，今不乘時報根，更待何年！』聚

帳下程普、黃蓋、韓當等商議。程普曰：『袁術多詐，未可準信。』堅曰：『吾自欲報仇，豈望袁術之助乎？』便差黃蓋先來江邊安排戰船，多裝軍器糧草，大船裝載戰馬，克日興師。江中細作探知，來報劉表。表大驚，急聚文武將士商議。蒯良曰：『不必憂慮。可令黃祖部領江夏之兵爲前驅，主公率荊襄之衆爲援。孫堅跨江涉湖而來，安能用武乎？』表然之，令黃祖設備，隨后便起大軍。

却説孫堅有四子，皆吳夫人所生：長子名策，字伯符；次子名權，字仲謀；三子名翊，字叔弼；四子名匡，字季佐。吳夫人之妹，即爲孫堅次妻，亦生一子一女：子名朗，字早安；女名仁。堅又過房俞氏一子，名韶，字公禮。堅有一弟，名靜，字幼臺。堅臨行，靜引諸子列拜於馬前而諫曰：『今董卓專權，天子懦弱，海內大亂，各霸一方；江東方稍寧，以一小恨而起重兵，非所宜也。願兄詳之。』堅曰：『弟勿多言。吾將縱橫天下，有仇豈可不報！』長子孫策曰：『如父親必欲往，兒願隨行。』堅許之，遂與策登舟，殺奔樊城。

黃祖伏弓弩手於江邊，見船傍岸，亂箭俱發。堅令諸軍不可輕動，祇伏於船中來往誘之；一連三日，船數十次傍岸。黃祖軍祇顧放箭，箭已放盡。堅却拔船上所得之箭，約十數萬。當日正值順風，堅令軍士一齊放箭。岸上支吾不住，祇得退走。堅軍登岸，程普、黃蓋分兵兩路，直取黃祖營寨。背後韓當驅兵大進。三面夾攻，黃祖大敗，棄却樊城，走入鄧城。堅令黃蓋守住船隻，親自統兵追襲。黃祖引軍出迎，布陣於野。堅列成陣勢，出馬於門旗之下。孫策也全副披挂，挺槍立馬於父側。黃祖引二將出馬，一個是江夏張虎，一個是襄陽陳生。黃祖揚鞭大罵：『江東鼠賊，安敢侵犯漢室宗親境界！』便令張虎搦戰。堅陣內韓當出迎。兩騎相交，戰二十餘合，陳生見張虎力怯，飛馬來助。孫策望見，按住手中槍，扯弓搭箭，正射中陳生面門，應弦落馬。張虎見陳生墜地，吃了一驚，措手不及，被韓當一刀，削去半個腦袋。程普縱馬直來陣前捉黃祖。黃祖棄却頭盔、戰馬，雜於步軍內逃命。孫堅掩殺敗軍，直到漢水，命黃蓋將船隻進泊漢江。

黃祖聚敗軍，來見劉表，備言堅勢不可當。表慌請蒯良商議。良曰：『目今新敗，兵無戰心；祇可深溝高壘，以避其鋒。却潛令人求救於明，各自收軍。劉表軍自入城。孫策回到漢水，方知父親被亂箭射死，尸首已被劉表軍士扛擡入城去了，放聲大哭。衆軍俱號泣。策曰：「父尸在彼，安得回鄉！」黃蓋曰：「今活捉黃祖在此，得一人入城講和，將黃祖去換主公尸首。」言未畢，軍吏桓階出曰：「某與劉表有舊，願入城為使。」策許之。桓階入城見劉表，具說其事。表曰：「文臺尸首，吾已用棺木盛貯在此。可速放回黃祖，兩家各罷兵，再休侵犯。」桓階拜謝欲行，階下蒯良出曰：「不可！不可！吾有一言，令江東諸軍片甲不回。請先斬桓階，然后用計。」正是：追敵孫堅方殞命，求和桓階又遭殃。未知桓階性命如何，且聽下文分解。

第八十六回 難張溫秦宓逞天辯 破曹丕徐盛用火攻

卻說東吳陸遜，自退魏兵之后，吳王拜遜為輔國將軍、江陵侯，領荊州牧，自此軍權皆歸於遜。張昭、顧雍啓奏吳王，請自改元。權從之，遂改為黃武元年。忽報魏主遣使至，權召入。使命陳說：「蜀前使人求救於魏，魏一時不明，故發兵應之；今已大悔，欲起四路兵取川，東吳可來接應。若得蜀土，各分一半。」權聞言，不能決，乃問於張昭、顧雍等。昭曰：「陸伯言極有高見，可問之。」權即召陸遜至。遜奏曰：「曹丕坐鎮中原，急不可圖；今若不從，必為仇矣。臣料魏與吳皆無諸葛亮之敵手。今且勉強應允，整軍預備，衹探聽四路如何。若四路兵勝，川中危急，諸葛亮首尾不能救，主上則發兵以應之，先取成都，深為上策；如四路兵敗，別作商議。」權從之，乃謂魏使曰：「軍需未辦，擇日便當起程。」使者拜辭而去。

權令人探得西番兵出西平關，見了馬超，不戰自退；南蠻孟獲起兵攻四郡，皆被魏延用疑兵計殺退回洞去了；上庸孟達兵至半路，忽然染病不能行；曹真兵出陽平關，趙子龍拒住各處險道，果然「一將守關，萬夫莫開』。曹真屯兵於斜谷道，不能取勝而回。

孫權知了此信，乃謂文武曰：『陸伯言真神算也。孤若妄動，又結怨於西蜀矣。』忽報西蜀遣鄧芝到，張昭曰：『此又是諸葛亮退兵之計，遣鄧芝爲説客也。』權曰：『當何以答之？』昭曰：『先於殿前立一大鼎，貯油數百斤，下用炭燒。待其油沸，可選身長面大武士一千人，各執刀在手，從宮門前直擺至殿上，却喚芝入見。休等此人開言下説詞，責以酈食其説齊故事，效此例烹之，看其人如何對答。』

權從其言，遂立油鼎，命武士立於左右，各執軍器，召鄧芝入。芝整衣冠而入，行至宮門前，祇見兩行武士，威風凜凜，各持鋼刀、大斧、長戟、短劍，直列至殿上。芝曉其意，並無懼色，昂然而行。至殿前，又見鼎鑊內熱油正沸。左右武士以目視之，芝但微微而笑。近臣引至簾前，鄧芝長揖不拜。權令捲起珠簾，大喝曰：『何不拜！』芝昂然而答曰：『上國天使，不拜小邦之主。』權大怒曰：『汝不自料，欲掉三寸之舌，效酈生説齊乎？可速入油鼎！』芝大笑曰：『人皆言東吳多賢，誰想懼一儒生！』權轉怒曰：『孤何懼爾一匹夫耶？』芝曰：『既不懼鄧伯苗，何愁來説汝等也？』權曰：『爾欲爲諸葛亮作説客，來説孤絕魏向蜀，是否？』芝曰：『吾乃蜀中一儒生，特爲吳國利害而來。乃設兵陳鼎，以拒一使，何其局量之不能容物耶！』

權聞言惶愧，即叱退武士，命芝上殿，賜坐而問曰：『吳、魏之利害若何？願先生教我。』芝曰：『大王欲與蜀和，還是欲與魏和？』權曰：『孤正欲與蜀主講和；但恐蜀主年輕識淺，不能全始全終耳。』芝曰：『大王乃命世之英豪，諸葛亮亦一時之俊杰；蜀有山川之險，吳有三江之固；若二國連和，共爲唇齒，進則可以兼吞天下，退則可以鼎足而立。今大王若委贄稱臣於魏，魏必望大王朝觀，求太子以爲內侍；如其不從，則興兵來攻，蜀亦順流而進取，如此則江南之地，不復爲大王有矣。若大王以愚言爲不然，愚將就死於大王之前，以絕説客之名也。』言訖，撩衣下殿，望油鼎中便跳。權急命止之，請入後殿，以上賓之禮相待。權曰：『先生之言，正合孤意。孤今欲與蜀主連和，先生肯爲我介紹乎？』芝曰：『適欲烹小臣者，乃大王也；今欲使小臣者，亦大王也。大王猶自狐疑未定，安能取信於人？』權曰：

『孤意已决，先生勿疑。』

於是吴王留住鄧芝，集多官問曰：『孤掌江南八十一州，更有荆楚之地，反不如西蜀偏僻之處也。蜀有鄧芝，不辱其主；吴並無一人入蜀，以達孤意。』忽一人出班奏曰：『臣願爲使。』衆視之，乃吴郡吴人，姓張，名温，字惠恕，現爲中郎將。權曰：『恐卿到蜀見諸葛亮，不能達孤之情。』温曰：『孔明亦人耳，臣何畏彼哉？』權大喜，重賞張温，使同鄧芝入川通好。

却説孔明自鄧芝去后，奏後主曰：『鄧芝此去，其事必成。吴地多賢，定有人來答禮。陛下當禮貌之，令彼回吴，以通盟好。吴若通和，魏必不敢加兵於蜀矣。吴、魏寧靖，臣當征南，平定蠻方，然後圖魏。魏削則東吴亦不能久存，可以復一統之基業也。』後主然之。

忽報東吴遣張温與鄧芝入川答禮。後主聚文武於丹墀，令鄧芝、張温入。温自以爲得志，昂然上殿，見後主施禮。後主賜錦墩，坐於殿左，設御宴待之。後主但敬禮而已。宴罷，百官送張温到館舍。次日，孔明設宴相待。孔明謂張温曰：『先帝在日，與吴不睦，今已晏駕。當今主上，深慕吴王，欲捐舊忿，永結盟好，并力破魏。望大夫善言回奏。』張温領諾。酒至半酣，張温喜笑自若，頗有傲慢之意。

次日，後主將金帛賜與張温，設宴於城南郵亭之上，命衆官相送。孔明殷勤勸酒。正飲酒間，忽一人乘醉而入，昂然長揖，入席就坐。温怪之，乃問孔明曰：『此何人也？』孔明答曰：『姓秦，名宓，字子勑，現爲益州學士。』温笑曰：『名稱學士，未知胸中曾學事否？』宓正色而言曰：『蜀中三尺小童，尚皆就學，何况於我？』温曰：『且説公何所學？』宓對曰：『上至天文，下至地理，三教九流，諸子百家，無所不通；古今興廢，聖賢經傳，無所不覽。』温笑曰：『公既出大言，請即以天爲問：天有頭乎？』宓曰：『有頭。』温曰：『頭在何方？』宓曰：『在西方。《詩》云：「乃眷西顧。」以此推之，頭在西方也。』温又問：『天有耳乎？』宓答曰：『天處高而聽卑。《詩》云：「鶴鳴九皋，聲聞於天。」無耳何能聽？』温又問：『天有足乎？』宓曰：『有足。《詩》云：「天步艱難。」無足何能步？』温又問：『天有姓乎？』宓曰：『豈得無姓！』温曰：『何姓？』宓答曰：『姓劉。』温曰：『何

以知之？』宓曰：『天子姓劉，以故知之。』温又問曰：『日生於東乎？』宓對曰：『雖生於東，而没於西。』

此時秦宓語言清朗，答問如流，滿座皆驚。張温無語，宓乃問曰：『先生東吴名士，既以天事下問，必能深明天之理。昔混沌既分，陰陽剖判；輕清者上浮而爲天，重濁者下凝而爲地；至共工氏戰敗，頭觸不周山，天柱折，地維缺：天傾西北，地陷東南。天既輕清而上浮，何以傾其西北乎？又未知輕清之外，還是何物？願先生教我。』張温無言可對，乃避席而謝曰：『不意蜀中多出俊杰！恰聞講論，使僕頓開茅塞。』孔明恐温羞愧，故以善言解之曰：『席間問難，皆戲談耳。足下深知安邦定國之道，何在唇齒之戲哉！』温拜謝。孔明又令鄧芝入吴答禮，就與張温同行。張、鄧二人拜辭孔明，望東吴而來。

却説吴王見張温入蜀未還，乃聚文武商議。忽近臣奏曰：『蜀遣鄧芝同張温入國答禮。』權召入。張温拜於殿前，備稱後主、孔明之德，願求永結盟好，特遣鄧尚書又來答禮。權大喜，乃設宴待之。權問鄧芝曰：『若吴、蜀二國同心滅魏，得天下太平，二主分治，豈不樂乎？』芝答曰：『天無二日，民無二王。如滅魏之后，未識天命所歸何人。但爲君者，各修其德；爲臣者，各盡其忠：則戰争方息耳。』權大笑曰：『君之誠款，乃如是耶！』遂厚贈鄧芝還蜀。自此吴、蜀通好。

却説魏國細作人探知此事，火速報入中原。魏主曹丕聽知，大怒曰：『吴、蜀連和，必有圖中原之意也。不若朕先伐之。』於是大集文武，商議起兵伐吴。此時大司馬曹仁、太尉賈詡已亡。侍中辛毗出班奏曰：『中原之地，土闊民稀，而欲用兵，未見其利。今日之計，莫若養兵屯田十年，足食足兵，然後用之，則吴、蜀方可破也。』丕怒曰：『此迂儒之論也！今吴、蜀連和，早晚必來侵境，何暇等待十年？』即傳旨起兵伐吴。司馬懿奏曰：『吴有長江之險，非船莫渡。陛下必御駕親征，可選大小戰船，從蔡、潁而入淮，取壽春，至廣陵，渡江口，徑取南徐。此爲上策。』丕從之。於是日夜並工，造龍舟十隻，長二十餘丈，可容二千餘人，收拾戰船三千餘隻。魏黄初五年秋八月，會聚大小將士，令曹真爲前部，張遼、張郃、文聘、徐晃等爲大將先行，許褚、吕虔爲中軍護衛，曹休爲合後，劉曄、蔣濟爲參謀官。前后水

陸軍馬三十餘萬，克日起兵。封司馬懿爲尚書僕射，留在許昌，凡國政大事，並皆聽懿決斷。

不説魏兵起程。却説東吴細作探知此事，報入吴國。近臣慌奏吴王曰：『今魏王曹丕，親自乘駕龍舟，提水陸大軍三十餘萬，從蔡、潁出淮，必取廣陵渡江，來下江南。甚爲利害。』孫權大驚，即聚文武商議。顧雍曰：『今主上既與西蜀連和，可修書與諸葛孔明，令起兵出漢中，以分其勢；一面遣一大將，屯兵南徐以拒之。』權曰：『非陸伯言不可當此大任。』雍曰：『陸伯言鎮守荆州，不可輕動。』權曰：『孤非不知，奈眼前無替力之人。』言未盡，一人從班部内應聲而出曰：『臣雖不才，願統一軍以當魏兵。若曹丕親渡大江，臣必生擒以獻殿下；若不渡江，亦殺魏兵大半，令魏兵不敢正視東吴。』權視之，乃徐盛也。權大喜曰：『如得卿守江南一帶，孤何憂哉！』遂封徐盛爲安東將軍，總鎮都督建業、南徐軍馬。盛謝恩，領命而退；即傳令教衆官軍多置器械，多設旌旗，以爲守護江岸之計。

忽一人挺身出曰：『今日大王以重任委托將軍，欲破魏兵以擒曹

丕，將軍何不早發軍馬渡江，於淮南之地迎敵？直待曹丕兵至，恐無及矣。』盛視之，乃吴王侄孫韶也。韶字公禮，官授揚威將軍，曾在廣陵守禦，年幼負氣，極有膽勇。盛曰：『曹丕勢大，更有名將爲先鋒，不可渡江迎敵。待彼船皆集於北岸，吾自有計破之。』韶曰：『吾手下自有三千軍馬，更兼深知廣陵路勢，吾願自去江北，與曹丕決一死戰。如不勝，甘當軍令。』盛不從。韶堅執要去，盛祇是不肯，韶再三要行。盛怒曰：『汝如此不聽號令，吾安能制諸將乎？』叱武士推出斬之。刀斧手擁孫韶出轅門之外，立起皂旗。韶部將飛報孫權。權聽知，急上馬來救。武士恰待行刑，孫權早到，喝散刀斧手，救了孫韶。韶哭奏曰：『臣往年在廣陵，深知地利；不就那裏與曹丕厮殺，直待他下了長江，東吴指日休矣！』權徑入營來。徐盛迎接入帳，奏曰：『大王命臣爲都督，提兵拒魏；今揚威將軍孫韶，不遵軍法，違令當斬，大王何故赦之？』權曰：『韶倚血氣之壯，誤犯軍法，萬希寬恕。』盛曰：『法非臣所立，亦非大王所立，乃國家之典刑也。若以親而免之，何以令衆乎？』權曰：『韶犯法，本應任將軍處治；奈此子雖本姓俞氏，

然孤兄甚愛之，賜姓孫，於孤頗有勞績。今若殺之，負兄義矣。」盛曰：「且看大王之面，寄下死罪。」權令孫韶拜謝。韶不肯拜，厲聲而言曰：「據吾之見，衹是引軍去破曹丕！便死也不服你的見識！」徐盛變色。權叱退孫韶，謂徐盛曰：「便無此子，何損於兵？今後勿再用之。」言訖自回。是夜，人報徐盛说：「孫韶引本部三千精兵，潛地過江去了。」盛恐有失，於吴王面上不好看，乃唤丁奉授以密計，引三千兵渡江接應。

却说魏主駕龍舟至廣陵，前部曹真已領兵列於大江之岸。曹丕問曰：「江岸有多少兵？」真曰：「隔岸遠望，並不見一人，亦無旌旗營寨。」丕曰：「此必詭計也。朕自往觀其虛實。」於是大開江道，放龍舟直至大江，泊於江岸。船上建龍鳳日月五色旌旗，儀鑾簇擁，光耀射目。曹丕端坐舟中，遥望江南，不見一人，回顧劉曄、蔣濟曰：「可渡江否？」曄曰：「兵法實實虛虛。彼見大軍至，如何不作整備？陛下未可造次。且待三五日，看其動静，然後發先鋒渡江以探之。」丕曰：「卿言正合朕意。」

是日天晚，宿於江中。當夜月黑，軍士皆執燈火，明耀天地，恰

难张温秦宓逞天辩　破曹丕徐盛用火攻

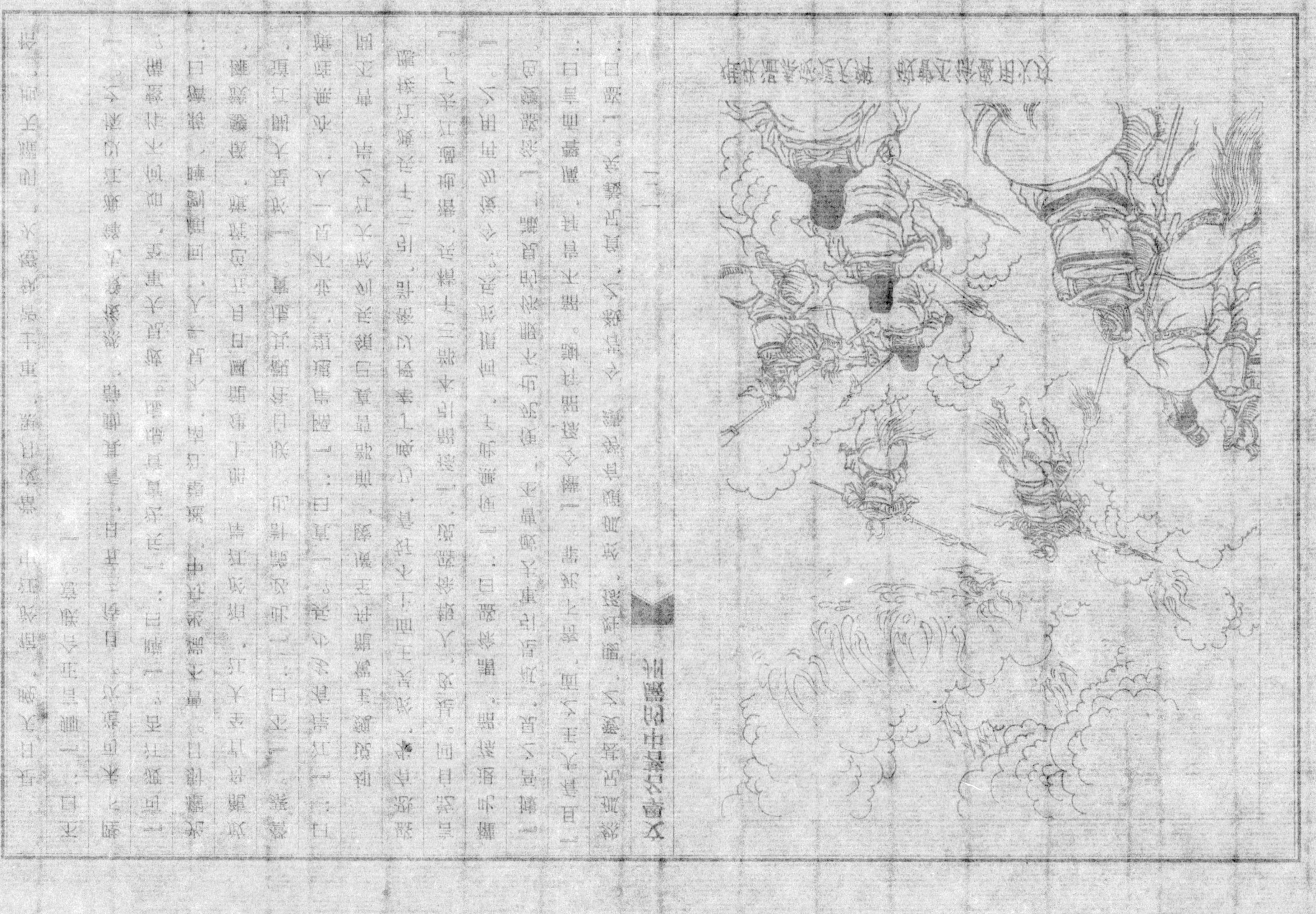

如白晝。遥望江南，並不見半點兒火光。丕問左右曰：『此何故也？』近臣奏曰：『想聞陛下天兵來到，故望風逃竄耳。』丕暗笑。及至天曉，大霧迷漫，對面不見。須臾風起，霧散雲收，望見江南一帶皆是連城：城樓上槍刀耀日，遍城盡插旌旗號帶。頃刻數次人來報：『南徐沿江一帶，直至石頭城，一連數百里，城郭舟車，連綿不絶，一夜成就。』曹丕大驚。原來徐盛束縛蘆葦爲人，盡穿青衣，執旌旗，立於假城疑樓之上。魏兵見城上許多人馬，如何不膽寒？丕嘆曰：『魏雖有武士千群，無所用之。江南人物如此，未可圖也！』

正驚訝間，忽然狂風大作，白浪滔天，江水濺濕龍袍，大船將覆。曹真慌令文聘撑小舟急來救駕。龍舟上人立站不住。文聘跳上龍舟，負丕下得小舟，奔入河港。忽流星馬報道：『趙雲引兵出陽平關，徑取長安。』丕聽得，大驚失色，便教回軍。衆軍各自奔走。背后吴兵追至。丕傳旨教盡棄御用之物而走。龍舟將次入淮，忽然鼓角齊鳴，喊聲大震，刺斜裏一彪軍殺到，爲首大將，乃孫韶也。魏兵不能抵當，折其大半，淹死者無數。諸將奮力救出魏主。魏主渡淮河，行不三十里，淮河中

一帶蘆葦，預灌魚油，盡皆火着；順風而下，風勢甚急，火焰漫空，絶住龍舟。丕大驚，急下小船傍岸時，龍舟上早已火着。丕慌忙上馬。岸上一彪軍殺來，爲首一將，乃丁奉也。張遼急拍馬來迎，被奉一箭射中其腰，却得徐晃救了，同保魏主而走，折軍無數。背后孫韶、丁奉奪得馬匹、車仗、船隻、器械不計其數。魏兵大敗而回。吴將徐盛全獲大功，吴王重加賞賜。張遼回到許昌，箭瘡迸裂而亡，曹丕厚葬之，不在話下。

却说趙雲引兵殺出陽平關之次，忽報丞相有文書到，说益州耆帥雍闓結連蠻王孟獲，起十萬蠻兵，侵掠四郡；因此宣雲回軍，令馬超堅守陽平關，丞相欲自南征。趙雲乃急收兵而回。此時孔明在成都整飭軍馬，親自南征。正是：方見東吴敵北魏，又看西蜀戰南蠻。未知勝負如何，且看下文分解。

《金瓶梅》中的嚴州

第九十二回　陳敬濟被陷嚴州府　吳月娘大鬧授官廳

詩曰：

猛虎馮其威，往往遭急縛。
雷吼徒暴哮，枝撐已在脚。
忽看皮寢處，無復晴閃爍。
人有甚於斯，盡以勸元惡。

話説李衙内打了玉簪兒一頓，即時叫陶媽媽來領出，賣了八兩銀子，另買了個十八歲使女，名唤滿堂兒上竈，不在話下。

却表陳敬濟，自從西門大姐來家，交還了許多床帳妝奩，箱籠傢伙，三日一場嚷，五日一場鬧，問他娘張氏要本錢做買賣。他母舅張團練，來問他母親借了五十兩銀子，復謀管事。被他吃醉了，往張舅門上罵嚷。他張舅受氣不過，另問别處借了銀子，幹成管事，還把銀子交還交來。他母親張氏，着了一場重氣，染病在身，日逐卧床不起，終日服藥，請醫調治。吃他逆毆不過，衹得兑出三百兩銀子與他，叫陳定在家門首，打開兩間房子開布鋪，做買賣。敬濟便逐日結交朋友陸三郎、楊大郎狐朋狗黨，在舖中彈琵琶，抹骨牌，打雙陸，吃半夜酒，看看把本錢弄不去了。陳定對張氏說他每日飲酒花費。張氏聽信陳定言語，便不肯托他。敬濟反說陳定染布去，克落了錢，把陳定兩口兒攆出來外邊居住，卻搭了楊大郎做夥計。這楊大郎名喚楊光彥，綽號為鐵指甲，專一糶風賣雨，架謊鑿空。他許人話，如捉影捕風，騙人財，似探囊取物。這敬濟問娘又要出二百兩銀子來添上，共湊了五百兩銀子，信着他往臨清販布去。

這楊大郎到家收拾行李，跟着敬濟從家中起身，前往臨清碼頭上尋缺貨去。到了臨清，這臨清閘上是個熱鬧繁華大碼頭去處，商賈往來之所，車輛輳之地，有三十二條花柳巷，七十二座管弦樓。這敬濟終是年小後生，被這楊大郎領着遊娼樓，登酒店，貨物到販得不多。因走在一娼樓，見了一個粉頭，名喚馮金寶，生的風流俏麗，色藝雙全。問青春多少，鴇子說：「姐兒是老身親生之女，止是他一人掙錢養活。今年青春才交二九一十八歲。」敬濟一見，心目蕩然，與了鴇子五兩銀子房金，一連和他歇了幾夜。楊大郎見他愛這粉頭，留連不捨，在旁花言說念，就要娶他家去。鴇子開口要銀一百三十兩，講到一百兩上，兌了銀子，娶了來家。一路上用轎抬着，楊大郎和敬濟都騎馬，押着貨物車走，一路揚鞭走馬，那樣歡喜。正是：

多情燕子樓，馬道空回首。
載得武陵春，陪作鸞鳳友。

張氏見敬濟貨到販得不多，把本錢到娶了一個唱的來家，又着了口重氣，嗚呼哀哉，斷氣身亡。這敬濟不免買棺裝殮，念經做七，停放了一七光景，發送出門，祖塋合葬。他母舅張團練看他娘面上，亦不和他一般見識。這敬濟墳上覆墓回來，把他娘正房三間，中間供養靈位，那兩間收拾與馮金寶住，大姐到住着耳房。又替馮金寶買了丫頭重喜兒伏侍。門前楊大郎開着鋪子，家裏大酒大肉買與唱的吃。每日祇和唱的睡，把大姐丟着不去揪采。

一日，打聽孟玉樓嫁了李知縣兒子李衙內，帶過許多東西去。三年任滿，李知縣升在浙江嚴州府做了通判，領憑起身，打水路赴任去了。這陳敬濟因想起昔日在花園中拾了孟玉樓那根簪子，就要把這根簪子做個證兒，趕上嚴州去。祇説玉樓先與他有了奸，與了他這根簪子，不合又帶了許多東西，嫁了李衙内，都是昔日楊戩寄放金銀箱籠，應没官之物。『那李通判一個文官，多大湯水！聽見這個利害口聲，不怕不叫他兒子雙手把老婆奉與我。我那時娶將來家，與馮金寶做一對兒，落得好受用。』正是：計就月中擒月兔，謀成日裏捉金烏。

敬濟不來到好，此一來，正是：失曉人家逢五道，溟泠餓鬼撞鍾馗。

有詩爲證：

趕到嚴州訪玉人，人心難忖似石沉。

侯門一旦深似海，從此蕭郎落陷坑。

一日，陳敬濟打點他娘箱中，尋出一千兩金銀，留下一百兩與馮金寶家中盤纏，把陳定復叫進來看家，並門前鋪子發賣零碎布匹。他與楊大郎又帶了家人陳安，押着九百兩銀子，從八月中秋起身，前往湖州販了半船絲綿綢絹，來到清江浦碼頭上，灣泊住了船隻，投在個店主人陳二店内。交陳二殺雞取酒，與楊大郎共飲。飲酒中間，和楊大郎説：『夥計，你暫且看守船上貨物，在二郎店内略住數日。等我和陳安拿些人事禮物，往浙江嚴州府，看看家姐嫁在府中。多不上五日，少祇三日就來。』楊大郎道：『哥去祇顧去。兄弟情願店中等候。哥到日，一同起身。』

這陳敬濟千不合萬不合和陳安身邊帶了些銀兩、人事禮物，有日取路徑到嚴州府。進入城内，投在寺中安下。打聽李通判到任一個月，家小船隻才到三日。這陳敬濟不敢怠慢，買了四盤禮物，四匹紵絲尺頭，陳安押着。他便揀選衣帽齊整，眉目光鮮，徑到府衙前，與門吏作揖道：『煩報一聲，説我是通判老爹衙内新娶娘子的親，孟二舅來探望。』這門吏聽了，不敢怠慢，隨即禀報進去。衙内正在書房中看書，聽見是婦人兄弟，令左右先把禮物抬進來，一面忙整衣冠，道：『有請。』把陳敬濟請入府衙廳上叙禮，分賓主坐下，説道：『前日做親之時，怎的不會二舅？』敬濟道：『在下因在川廣販貨，一年方回。不知家姐嫁與府上，有失親近。今日敬備薄禮，來看看家姐。』李衙内道：『一向不知，失禮，恕罪，恕罪。』須臾，茶湯已罷，衙内令左右：『把禮貼並禮物取進去，對你娘説，二舅來了。』孟玉樓正在房中坐的，

衹聽小門子進來，報说：『孟二舅來了。』玉樓道：『再有那個舅舅，莫不是我二哥孟鋭來家了，千山萬水來看我？』衹見伴當拿進禮物和貼兒來，上面寫着：『眷生孟鋭』，就知是他兄弟，一面道：『有請。』令蘭香收拾后堂乾净。

玉樓裝點打扮，俟候出見。衹見衙内讓直來，玉樓在簾内觀看，可霎作怪，不是他兄弟，却是陳姐夫。『他來做甚麼？等我出去，見他怎的说話？常言，親不親，故鄉人；美不美，鄉中水。雖然不是我兄弟，也是我女婿人家。』一面整妝出來拜見。那敬濟说道：『一向不知姐姐嫁在這裏，没曾看得……』才说得這句，不想門子來請衙内，外邊有客來了。這衙内分付玉樓款待二舅，就出去待客去了。玉樓見敬濟磕下頭去，連忙還禮，说道：『姐夫免禮，那陣風兒刮你到此？』叙畢禮數，上坐，叫蘭香看茶出來。吃了茶，彼此叙了些家常話兒，玉樓因問：『大姐好麼？』敬濟就把從前西門慶家中出來，並討箱籠的一節話告訴玉樓。玉樓又把清明節上墳，在永福寺遇見春梅，在金蓮墳上燒紙的話告訴他。又说：『我那時在家中，也常勸你大娘，疼女兒就疼女婿，親姐夫，不曾養活了外人。他聽信小人言語，把姐夫打發出來。落後姐夫討箱子，我就不知道。』敬濟道：『不瞞你老人家说，我與六姐相交，誰人不知？生生吃他聽奴才言語，把他打發出去，才吃武鬆殺了。他若在家，那武鬆有七個頭八個膽，敢往你家來殺他？我這仇恨，結的有海來深。六姐死在陰司裏，也不饒他。』玉樓道：『姐夫也罷，丟開手的事，自古冤仇衹可解，不可結。』

说話中間，丫鬟放下酒來，杯盤肴品，堆滿春臺。玉樓斟上一杯酒，雙手遞與敬濟说：『姐夫遠路風塵，無可破費，且請一杯兒水酒。』這敬濟用手接了，唱了喏，也斟一杯回奉婦人，叙禮坐下，因見婦人『姐夫長，姐夫短』叫他，口中不言，心内暗道：『這淫婦怎的不認犯，衹叫我姐夫？等我慢慢的探他。』當下酒過三巡，肴添五道，無人在跟前，先丟幾句邪言说入去，道：『我兄弟思想姐姐，如渴思漿，如熱思凉，想當初在丈人家，怎的在一處下棋抹牌，同坐雙雙，似背蓋一般。誰承望今日各自分散，你東我西。』玉樓笑道：『姐夫好说。自古清者清而渾者渾，久而自見。』這敬濟笑嘻嘻向袖中取

出一包雙人兒的香茶，遞與婦人，说：『姐姐，你若有情，可憐見兄弟，吃我這個香茶兒。』说着，就連忙跪下。那婦人登時一點紅從耳畔起，把臉飛紅了，一手把香茶包兒掠在地下，说道：『好不識人敬重！奴好意遞酒與你吃，到戲弄我起來。』就撇了酒席往房裏去了。敬濟見他不理，一面拾起香茶來，就發話道：『我好意來看你，你到變了卦兒。你敢说你嫁了通判兒子好漢子，不采我了。你當初在西門慶家做第三個小老婆，没曾和我兩個有首尾？』因向袖中取出舊時那根金頭銀簪子，拿在手內说：『這個是誰人的？你既不和我有奸，這根簪兒怎落在我手裏？上面還刻着玉樓名字。你和大老婆串同了，把我家寄放的八箱子金銀細軟、玉帶寶石東西，都是當朝楊戩寄放應没官之物，都帶來嫁了漢子。我教你不要慌，到八字八鑊兒上和你答話！』

玉樓見他發話，拿的簪子委是他頭上戴的金頭蓮瓣簪兒：『昔日在花園中不見，怎的落在這短命手裏？』恐怕嚷的家下人知道，須臾變作笑吟吟臉兒，走將出來，一把手拉敬濟，说道：『好姐夫，奴鬥你要子，如何就惱起來。』因觀看左右無人，悄悄说：『你既有心，奴亦有意。』兩個不由分说，摟着就親嘴。這陳敬濟把舌頭似蛇吐信子一般，就舒到他口裏交他咂，说道：『你叫我聲親親的丈夫，才算你有我之心。』婦人道：『且禁聲，衹怕有人聽見。』敬濟悄悄向他说：『我如今治了半船貨，在清江浦等候。你若肯下顧時，如此這般，到晚夕假扮門子，私走出來，跟我上船家去，成其夫婦，有何不可？他一個文職官，怕是非，莫不敢來抓尋你不成？』婦人道：『既然如此，也罷。』約會下：『你今晚在府墻後等着，奴有一包金銀細軟，打墻上繫過去，與你接了，然后奴才扮做門子，打門裏出來，跟你上船去罷。』看官聽说，正是佳人有意，那怕粉墻高萬丈；紅粉無情，總然共坐隔千山。當時孟玉樓若嫁得個痴蠢之人，不如敬濟，敬濟便下得這個鍬钁着；如今嫁這李衙內，有前程，又且人物風流，青春年少，恩情美滿，他又勾你做甚？休说平日又無連手。這個郎君也是合當倒運，就吐實話，洩機與他，倒吃婆娘哄賺了。正是：

花枝葉下猶藏刺，人心難保不懷毒。

當下二人會下話，這敬濟吃了幾杯酒，告辭回去。李衙內連忙送

出府門，陳安跟隨而去。衙内便問婦人：『你兄弟住那裏下處？我明日回拜他去，送些嗄程與他。』婦人便说：『那裏是我兄弟，他是西門慶家女婿，如此這般，來勾搭要拐我出去。奴已約下他，今晚三更在後墻相等。咱不如將計就計，把他當賊拿下，除其後患如何？』衙内道：『叵耐這厮無端，自古無毒不丈夫，不是我去尋他，他自來送死。』一面走出外邊，叫過左右伴當，心腹快手，如此這般預備去了。

這陳敬濟不知機變，至半夜三更，果然帶領家人陳安，來府衙後墻下，以咳嗽爲號，衹聽墻内玉樓聲音，打墻上掠過一條索子去，那邊繫過一大包銀子。原來是庫内拿的二百兩贜罰銀子。這敬濟才待教陳安拿着走，忽聽一陣梆子響，黑影裏閃出四五條漢，叫聲：『有賊了！』登時把敬濟連陳安都綁了，稟知李通判，分付：『都且押送牢裏去，明日問理。』

原來嚴州府正堂知府姓徐，名喚徐崶，係陝西臨洮府人氏，庚戌進士，極是個清廉剛正之人。次早升堂，左右排兩行官吏，這李通判上去，畫了公座，庫子呈稟賊情事，帶陳敬濟上去，说：『昨夜至一

更時分，有先不知名今知名賊人二名：陳敬濟、陳安，鍬開庫門鎖鑰，偷出贜銀二百兩，越墻而過，致被捉獲，來見老爺。』徐知府喝令：『帶上來！』把陳敬濟並陳安揪采驅擁至當廳跪下。知府見敬濟年少清俊，便問：『這厮是那裏人氏？因何來我這府衙公廨，夜晚做賊，偷盗官庫贜銀，有何理说？』那陳敬濟衹顧磕頭聲冤。徐知府道：『你做賊如何聲冤？』李通判在旁欠身便道：『老先生不必問他，眼見得贜證明白，何不回刑起來。』徐知府即令左右：『拿下去打二十板。』李通判道：『人是苦蟲，不打不成。不然，這賊便要展轉。』當下兩邊皂隸，把敬濟、陳安拖番，大板打將下來。這陳敬濟口内衹駡：『誰知淫婦孟三兒陷我至此，寃哉！苦哉！』這徐知府終是黄堂出身官人，聽見這一聲，必有緣故，才打到十板上，喝令：『住了，且收下監去，明日再問。』李通判道：『老先生不該發落他，常言「人心似鐵，官法如爐」，從容他一夜不打緊，就翻异口詞。』徐知府道：『無妨，吾自有主意。』當下獄卒把敬濟、陳安押送監中去訖。

這徐知府心中有些疑忌，即喚左右心腹近前，如此這般，下監中

探聽敬濟所犯來歷，即便回報。這幹事人假扮作犯人，和敬濟晚間在一櫃上睡，問其所以：『我看哥哥青春年少，不是做賊的，今日落在此，打屈官司。』敬濟便说：『一言難盡，小人本是清河縣西門慶女婿，這李通判兒子新娶的婦人孟氏，是俺丈人的小，舊與我有奸的。今帶過我家老爺楊戩寄放十箱金銀寶玩之物來他家，我來此間問他索討，反被他如此這般欺負，把我當賊拿了。苦打成招，不得見其天日，是好苦也！』這人聽了，走來退廳告報徐知府。知府道：『如何？我说這人聲冤叫孟氏，必有緣故。』

到次日升堂，官吏兩旁侍立。這徐知府把陳敬濟、陳安提上來，摘了口詞，取了張無事的供狀，喝令釋放。李通判在旁不知，還再三说：『老先生，這廝賊情既的，不可放他。』反被徐知府對佐貳官盡力數说了李通判一頓，说：『我居本府正官，與朝廷幹事，不該與你家官報私仇，誣陷平人作賊。你家兒子娶了他丈人西門慶妾孟氏，帶了許多東西，應沒官贓物，金銀箱籠來。他是西門慶女婿，徑來索討前物，你如何假捏賊情，拿他入罪，教我替你家出力？做官養兒養女，也要長大，若是如此，公道何堪？』當廳把李通判數说的滿面羞慚，垂首喪氣而不敢言。陳敬濟與陳安便釋放出去了。良久，徐知府退堂。

這李通判回到本宅，心中十分焦燥。便對夫人大嚷大叫道：『養的好不肖子，今日吃徐知府當堂對衆同僚官吏，盡力數落了我一頓，可不氣殺我也！』夫人慌了，便道：『甚麼事？』李通判即把兒子叫到跟前，喝令左右：『拿大板子來，氣殺我也！』说道：『你拿得好賊，他是西門慶女婿。因這婦人帶了許多妝奩、金銀箱籠來，他口口聲聲稱是當朝逆犯楊戩寄放應沒官之物，來問你要。说你假盜出庫中官銀，當賊情拿他。我通一字不知，反被正堂徐知府對衆數说了我這一頓。此是我頭一日官未做，你照顧我的。我要你這不肖子何用？』即令左右雨點般大板子打將下來。可憐打得這李衙內皮開肉綻，鮮血迸流。夫人見打得不像模樣，在旁哭泣勸解。孟玉樓立在后廳角門首，掩泪潛聽。當下打了三十大板，李通判分付左右：『押着衙內，即時與我把婦人打發出門，令他任意改嫁，免惹是非，全我名節。』那李衙內心中怎生捨得離异，衹顧在父母跟前啼哭哀告：『寧把兒子打死爹爹

陈经济被陷严州府. 吴月娘大闹授官厅.

你害饞癆讒痞了，偷米出去換燒餅吃，又和丫頭打伙兒偷肉吃。』把元宵兒打了一頓，把大姐踢了幾脚。這大姐急了，趕着馮金寶兒撞頭，罵道：『好養漢的淫婦！你偷盗的東西與鴇子不值了，到學舌與漢子，说我偷米偷肉，犯夜的倒拿住巡更的了，教漢子踢我。我和你這淫婦兑換了罷，要這命做甚麼！』這敬濟道：『好淫婦，你換兑他，你還不值他幾個脚指頭兒哩。』也是合當有事，於是一把手采過大姐頭髮來，用拳撞脚踢、拐子打，打得大姐鼻口流血，半日蘇醒過來。這敬濟便歸唱的房裏睡去了。由着大姐在下邊房裏嗚嗚咽咽，衹顧哭泣。元宵兒便在外間睡着了。可憐大姐到半夜，用一條索子懸梁自縊身死，亡年二十四歲。

到次日早辰，元宵起來，推裏間不開。上房敬濟和馮金寶還在被窩裏，使他丫頭重喜兒來叫大姐，要取木盆洗坐脚，衹顧推不開。敬濟還罵：『賊淫婦，如何還睡？這咱晚不起來！我這一跺開門進去，把淫婦鬢毛都拔净了。』重喜兒打窗眼内望裏張看，说道：『他起來了，且在房裏打鞦韆耍子兒哩。』又说：『他提偶戲耍子兒哩。』衹見元

宵瞧了半日，叫道：『爹，不好了，俺娘吊在床頂上吊死了。』這小郎才慌了，和唱的齊起來，跺開房門，向前解卸下來，灌救了半日，那得口氣兒來。不知多咱時分，嗚呼哀哉死了。正是：

不知真性歸何處，疑在行雲秋水中。

陳定聽見大姐死了，恐怕連累，先走去報知月娘。月娘聽見大姐吊死了，敬濟娶唱的在家，正是冰厚三尺，不是一日之寒，率領家人小厮、丫鬟媳婦七八口，往他家來。見了大姐尸首吊的直挺挺的，哭喊起來，將敬濟拿住，揪采亂打，渾身錐了眼兒也不計數。唱的馮金寶躲在床底下，采出來，也打了個臭死。把門窗户壁都打得七零八落，房中床帳妝奩都還搬的去了。歸家請將吴大舅、二舅來商議。大舅说：『姐姐，你趁此時咱家人死了不到官，到明日他過不得日子，還來纏要箱籠。人無遠慮，必有近憂。不如到官處斷開了，庶杜絶後患。』月娘道：『哥見得是。』一面寫了狀子。

次日，月娘親自出官，來到本縣授官廳下，遞上狀去。原來新任知縣姓霍，名大立，湖廣黄岡縣人氏，舉人出身，爲人鯁直。聽見係

人命重事，即升廳受狀。見狀上寫着：

告狀人吴氏，年三十四歲，系已故千户西門慶妻。狀告爲惡婿欺凌孤孀，聽信娼婦，熬打逼死女命，乞憐究治，以存殘喘事。比有女婿陳敬濟，遭官事投來氏家，潛住數年。平日吃酒行凶，不守本分，打出吊入。氏懼法逐離出門。豈期敬濟懷恨，在家將氏女西門氏，時常熬打，一向含忍。不料伊又娶臨清娼婦馮金寶來家，奪氏女正房居住，聽信唆調，將女百般痛辱熬打，又采去頭髮，渾身踢傷，受忍不過，比及將死，於本年八月廿三日三更時分，方才將女上吊縊死。切思敬濟恃逞凶頑，欺氏孤寡，聲言還要持刀殺害等語，情理難容。乞賜行拘到案，嚴究女死根由，盡法如律。庶凶頑知警，良善得以安生，而死者不爲含冤矣。爲此具狀上告本縣青天老爺施行。

這霍知縣在公座上看了狀子，又見吴月娘身穿縞素，腰系孝裙，係五品職官之妻，生的容貌端莊，儀容閑雅。欠身起來，说道：『那吴氏起來，據我看，你也是個命官娘子，這狀上情理，我都知了。你請回去，今後衹令一家人在此伺候就是了。我就出牌去拿他。』那吴

來回話，我這裏好申文書往上司去。」這樁事得了個饒，交納了贓罪銀子，歸到家中，抬口入棺，停放一七，念經送葬，埋城外。前后坐了半個月監，使了許多銀兩，唱的馮金寶也去了，家中所有都乾淨了，房兒也典了，剛剛剌出個命兒來，再也不敢聲言丈母了。正是：禍福無門人自招，須知樂極有悲來。有詩爲證：

風波平地起蕭墻，義重恩深不可忘。

水溢藍橋應有會，三星權且作參商。

封面題簽　邵華澤
插　　圖　徐支農
篆　　刻　藍銀坤
責任編輯　王榮鑫
責任校對　宋旭華
裝幀設計　雲水文化

圖書在版編目（CIP）數據

文學名著中的嚴州 / 周萍英主編 .— 杭州 : 浙江大學出版社, 2019.6
ISBN 978-7-308-19027-5

Ⅰ. ①文… Ⅱ. ①周… Ⅲ. ①中國文學—作品綜合集 Ⅳ. ①I211

中國版本圖書館CIP數據核字（2019）第049997號

ISBN 978-7-308-19027-5

文學名著中的嚴州
周萍英　主編

出版發行　浙江大學出版社
排　　版　雲水文化
印　　刷　杭州名典古籍印務有限公司
開　　本　十六開
字　　數　二百一十四千
版 印 次　二〇一九年六月第一版第一次印刷
書　　號　ISBN 978-7-308-19027-5
定　　價　七百九十八元（全三冊）

版權所有　翻印必究　印裝差錯　負責調換
浙江大學出版社市場運營中心聯繫方式：0571-88925591；http://zjdxcbs.tmall.com